FOLIO CADET

Traduit de l'anglais
par Anne Krief

Maquette : Karine Benoit

ISBN : 978-2-07-063126-1
Titre original : *Iggy and me*
Édition originale publiée par HarperCollins Children's Books, Londres, 2009
© Jenny Valentine, 2009, pour le texte
© Joe Berger, 2009, pour les illustrations
© Éditions Gallimard Jeunesse, 2010, pour la traduction
N° d'édition : 183224
Loi n° 49-956 du 16 juillet 1949 sur les publications destinées à la jeunesse
Dépôt légal : février 2011
Imprimé en Espagne par Novoprint (Barcelone)

Jenny Valentine

Ma petite sœur et moi

illustré par Joe Berger

GALLIMARD JEUNESSE

Coco et moi

Je m'appelle Flo et j'ai une petite sœur. Quand elle était encore plus petite qu'aujourd'hui, ma petite sœur a changé de prénom. Un beau matin, elle s'est réveillée et elle ne s'appelait plus comme avant.

C'était très bizarre.

Nous étions toutes les deux dans mon lit en train de découper des flocons de neige. Elle m'avait réveillée de bonne heure pour qu'on s'y mette. Ma sœur vient souvent dans mon lit le matin, avant que je sois vraiment en état d'entendre ses idées géniales ou de faire quoi que ce soit. Il y avait des

petits morceaux de papier partout sur les draps et par terre. C'est comme ça qu'elle a réussi à me réveiller : en les faisant tomber en neige sur mon visage. Elle venait d'apprendre à se servir de ciseaux et trouvait ça très amusant.

Nous étions censées faire nos découpages dans de vieux journaux, parce que nous n'avions pas le droit de prendre du papier neuf, à moins que nous n'ayons une raison valable, comme une lettre d'anniversaire, d'excuses ou de remerciements à écrire. Les flocons ne faisaient pas partie des raisons très valables et, bien que je l'aie dit et répété à ma sœur, elle a quand même pris du papier neuf car elle voulait absolument qu'ils soient blancs, immaculés, sans rien d'écrit dessus.

— Regarde le mien, a-t-elle dit en brandissant le flocon numéro 27.

— Très bien. Tu peux me passer les ciseaux maintenant ?

— Je m'en sers.

— Ce n'est pas vrai.

— Si, dans une minute.

— Julie, ai-je protesté parce que c'est le prénom de ma sœur, tu dois prêter.

— Je ne m'appelle pas Julie.

Je n'ai rien répondu car j'ai pensé qu'elle disait ça pour m'embêter parce qu'elle ne voulait pas prêter. Je n'avais pas compris qu'elle parlait sérieusement. Et j'ai dû attendre les ciseaux pendant des heures.

Un peu plus tard, nous étions tous dans la cuisine en pyjama. Les jours où nous n'avons pas école, nous prenons notre petit déjeuner en pyjama et il nous arrive même de déjeuner sans nous être habillés. Le matin, maman et papa ont de drôles de têtes, tout fripés et un peu bouffis. Les cheveux de maman étaient ébouriffés et frisottés, et ceux de papa étaient plats d'un côté et hérissés de l'autre. Et ils n'avaient pas de pantoufles, alors qu'ils n'arrêtent pas de nous répéter de mettre les nôtres.

Ma sœur avait collé tous ses flocons sur le frigidaire et, à la fin, on aurait dit qu'il était en robe de mariée. Chaque fois qu'on ouvrait la porte, les flocons voletaient comme de la dentelle.

— Le frigidaire va se marier, ai-je dit.

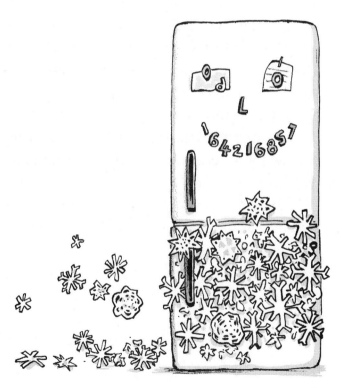

— Avec qui ? Avec papa ? a demandé ma sœur en éclatant de rire à sa propre blague.

Ma sœur adore ses blagues.

— Julie, tartines ou céréales ? a proposé maman.

Ma sœur n'a pas répondu.

— Julie, a insisté maman. Allô, Julie, ici la Terre !

Elle ne répondait toujours pas. Elle a détourné la tête et son front est devenu tout lisse, comme chaque fois qu'elle fait semblant de ne pas entendre.

— Julie, a répété maman. Que veux-tu pour le petit déjeuner ?

Rien, pas un mot.

— Julie, est intervenu papa en passant son bras autour du frigidaire et en l'embrassant, maman te parle.

— Non, a répliqué ma sœur avant d'ajouter en le montrant du doigt et en riant : M. et Mme Frigo !

— Si. Tu l'as parfaitement entendue, et nous aussi.

— Ce n'est pas à moi qu'elle parle, a rétorqué ma petite sœur. Elle parle à Julie.

Personne n'a rien dit pendant quelques instants. La cuisine était silencieuse. On entendait juste la bouilloire bouillotter et mes céréales se ratatiner dans mon bol. J'ai regardé maman, maman a regardé papa et nous avons tous regardé ma sœur. Moi, je voyais toujours Julie, dans son pyjama aux petites fées, en train d'entortiller ses cheveux autour de son doigt.

— Nous croyions que tu étais Julie, a dit maman.

Ma sœur a jeté un coup d'œil derrière elle, puis à droite et à gauche, comme si maman s'était adressée à quelqu'un d'autre.

– Qui ça, moi ? a-t-elle demandé, nous prenant vraiment pour des imbéciles.

– Oui, toi, a répondu maman.

– Je ne suis pas Julie, a rétorqué ma sœur sur le ton de l'évidence. Il n'y a personne ici de ce nom.

Papa a commencé à regarder sous la table, dans la boîte de céréales, dans la poubelle.

– Il doit bien y avoir une Julie quelque part dans les environs. Elle était là il y a un instant.

Il a fait tout un cirque, vérifiant sous ses bras, fouillant dans les cheveux de ma sœur comme les singes du zoo, appelant : « Ju-lie ! Ju-lie ! »

Ma sœur a gloussé de rire.

– Elle n'est pas là, a-t-elle insisté. Julie n'est pas là.

Maman a dit qu'il y avait autrefois dans la famille une petite fille qui s'appelait Julie.

– Ça m'ennuierait un tout petit, petit peu si on m'avait perdu ma Julie parce que je commençais à bien l'aimer, merci beaucoup.

Ma sœur a haussé les épaules.

– Je ne sais pas où elle est.

– Alors, qui es-tu, toi ? a demandé papa.

– Comment t'appelles-tu ? ai-je voulu savoir.

Elle nous a regardés et a souri, l'air de dire : « Ce n'est pas trop tôt ! »

– Je m'appelle Coco.

Elle avait l'air si fière d'elle qu'elle m'a fait penser à un paon en train de faire la roue.

Maman a ri et ma petite sœur lui a demandé d'arrêter, de sorte que maman a fait mine de boire son thé, mais je voyais bien qu'elle souriait toujours. Papa a dit que Coco le faisait penser à un perroquet.

— Ou à une petite fille, a rétorqué ma sœur en le foudroyant du regard. Parce que c'est mon nom et que c'est ce que je suis.

— Quoi donc ? Un perroquet ? a demandé papa.

— Mais non, tu es bête, une petite fille.

— Elle ne ressemble pas à celle que nous avons achetée, a dit maman. La petite fille que nous avions achetée était véritablement une Julie.

Ma sœur a secoué la tête.

— Eh bien, celle-ci est « véritardivement » une Coco ! a-t-elle dit en se montrant du doigt.

— Ça me plaît, ai-je annoncé. Ça te va bien.

— Tant mieux, a répondu ma sœur. Et c'est normal que ça m'aille, puisque c'est

mon nom. Mais vous ne m'avez pas achetée pour de vrai, hein ?

Mes céréales ont crépité quand j'ai versé
le lait dessus.

– Je peux en avoir un peu, s'il te plaît ?
m'a-t-elle demandé.

Je lui ai donc passé un bol, une petite
cuillère, la boîte et le lait.

– Merci, Flo.

J'ai regardé derrière moi, à droite et à
gauche et j'ai dit :

– Il n'y a pas de Flo ici.

Mais ce n'était qu'une blague.

Maman et papa ont ouvert la bouche et
ont ri, mais la bouche de ma sœur est restée
fermée : ça ne l'a pas fait rire du tout.

Après, nous avons tout fait pour qu'elle
ne soit plus fâchée car, quand ma sœur
est fâchée, elle peut être très pénible et
nous devons tous la supporter. Donc, afin
d'éviter ça, nous avons joué à Coco durant
tout le petit déjeuner : « Tu me passes le
beurre, s'il te plaît, Coco ! » et « Bois ton

jus d'orange, Coco ! » et « Cesse de me donner des coups de pied, Coco ! » et « Approche-toi de ton bol, Coco ! » et « Fais attention, Coco ! » et « Tiens-toi convenablement, Coco ! »

En réalité, nous y avons joué toute la journée parce que nous pensions que si on l'appelait Coco un nombre suffisant de fois, elle s'en lasserait et voudrait revenir à son ancien prénom. Du moins, c'est ce que nous imaginions.

Pendant que nous nous habillions, je n'ai pas oublié de l'appeler Coco.

Lorsqu'elle a refusé de m'aider à enlever tous les flocons qui étaient sur mon lit, je l'ai appelée Coco, même si ça m'énervait et que j'aurais pu facilement oublier de le faire.

Quand elle m'a demandé de lui écrire son prénom en relief sur une pancarte à accrocher à sa porte, j'ai pensé à écrire Coco pour ne pas avoir à recommencer.

Papa et maman se sont aussi souvenus d'utiliser son nouveau prénom : « Coco, par-ci » et « Coco par-là. »

– Coco, finis ton assiette ou tu n'auras pas de dessert !

– Coco, ne triche pas à la bataille !

– Coco, quand t'es-tu lavé les dents pour la dernière fois ?

– Coco, Flo est en train de lire. Arrête de sauter sur le canapé !

Même au moment où ma sœur est descendue avec une boîte, nous n'avons rien dit. Elle avait rangé dans cette boîte tous les objets sur lesquels était écrit son prénom.

Des chaussettes, une tasse en plastique, un porte-clés, un ours en peluche vert, un porte-monnaie, une plaque d'immatriculation miniature que notre tante Kate lui avait envoyée de Californie et une peinture que j'avais faite à sa naissance, avec son prénom, avant que je sache bien écrire. Ma sœur adorait cette peinture.

– C'est tout à Julie, a-t-elle annoncé.

— Où veux-tu que nous mettions tout ça, Coco ? a demandé papa.

— À la poubelle, a-t-elle répondu en haussant les épaules.

— Tu ne crois pas que Julie reviendra les chercher ? a suggéré maman.

— Non, non. Sûrement pas.

— Je croyais que tu aimais bien cette peinture, ai-je dit.

— C'est vrai. Tu ne pourrais pas en refaire une pour Coco ?

J'ai accepté.

Au cas où, papa et maman ont rangé la boîte dans le placard sous l'escalier, à un moment où elle avait le dos tourné. Et ils ont dit :

— Bonne nuit, Coco.

— Dors bien, Coco.

— Attention que les petites bêtes ne te mangent pas, Coco.

Et moi, j'ai dit :

— À demain, Coco. Nous ferons d'autres flocons.

Nous ne nous sommes pas trompés une seule fois. Nous nous sommes crus très malins. Nous nous sommes donné des coups de coude et fait des clins d'œil toute la journée.

Sitôt réveillés, le lendemain matin, nous avons demandé :
– Est-ce que Julie est rentrée ?
– Non, a répondu ma sœur.
Et, le matin suivant, elle a répondu :
– Non.
Et, le matin suivant, elle a demandé :
– Qui c'est, Julie ?
Nous avons vite compris qui commandait. C'était Coco, sans aucun doute. Parce que c'est ainsi qu'elle s'appelle désormais, et ce depuis le fameux matin où elle l'avait décidé. Ce petit jeu est devenu une réalité et, au bout d'un certain temps, nous nous y sommes habitués.

Coco a eu une nouvelle tasse en plastique et des crayons avec son prénom écrit dessus, mais pas de porte-clés ni de porte-monnaie, et encore moins de plaque d'immatriculation californienne. Maman a brodé COCO sur un de ses ours en peluche et moi, je lui ai fait une nouvelle peinture qui était beaucoup, beaucoup plus réussie que la première.

Je n'imagine pas pouvoir l'appeler autrement que Coco. Maintenant, c'est Coco et Flo pour la vie.

Les cheveux de Coco

Au début, Coco et moi avions exactement les mêmes cheveux. Maman a dit que quand je suis née mes cheveux ressemblaient à du duvet, très doux et si léger qu'on voyait le crâne à travers.

– Tu veux dire chauve, a dit papa.

– Non, non, a répondu maman. C'était très mignon.

Après, ils ont poussé, poussé, et quand j'ai eu l'âge de Coco aujourd'hui, ils étaient longs, blonds et soyeux.

— Jamais de la vie ! a dit papa.

Mais je sais que c'est vrai parce que j'ai vu les photos.

Quand Coco est née, elle avait elle aussi un duvet transparent. En grandissant, ses cheveux ont poussé également et sont devenus longs, blonds et soyeux. Aujourd'hui, mes cheveux ne sont ni longs, ni blonds, ni soyeux. Ils sont plus courts, plus foncés et n'ont plus rien à voir avec ceux de Coco. Et ma frange me tombe dans les yeux et me gêne. Alors je l'ai coupée.

J'ai vraiment fait du bon travail. Je me suis servie des ciseaux de cuisine, j'ai jeté tous les cheveux dans ma poubelle et j'ai posé les ciseaux sur ma table de nuit.

Quand je suis redescendue à la cuisine, papa ne s'est aperçu de rien. Il a fallu que je le lui dise.

— Tu n'as rien remarqué de différent ?

— Tu parles couramment le japonais.

— Non.

— Tu t'es transformée en teckel.

– Non, je ne crois pas.

– Tu es astronaute professionnelle.

– Non, papa. Je me suis coupé les cheveux.

Papa, qui était en train de se servir du café, s'est arrêté net. Coco, qui se mettait les doigts dans le nez, s'est arrêtée net.

– Où ça ? a demandé papa.

– Sur sa tête, tu es bête, a répliqué Coco.

– Je ne vois rien, a-t-il répondu.

– Eh bien, je l'ai pourtant fait.

À ce moment, maman est descendue de ma chambre avec une poignée de cheveux à la main. Elle les avait trouvés dans la poubelle.

– Tu t'es coupé les cheveux ? a-t-elle demandé d'un ton fâché.

J'ai soudain presque regretté de l'avoir fait.

– Oui.

– Eh bien, tu n'aurais pas dû ! a dit maman d'une voix plus forte que d'habitude. Tu n'as pas le droit.

– Comment tu le sais, maman ? s'est étonnée Coco. Papa et moi, nous n'avons rien vu.

– Je le sais parce que j'ai trouvé la preuve dans sa chambre, a répondu maman en lui montrant les cheveux qui étaient dans la poubelle.

Ils étaient tout fins et raides entre ses mains, et ressemblaient plus à des poils de cochon d'Inde qu'à mes cheveux.

— Oh ! a fait Coco. La preuve…

— N'empêche que tu as quand même fait du bon boulot, a dit papa.

— Ne recommence pas, a dit maman en faisant les gros yeux, à moi d'abord, puis à papa.

Je n'ai plus recommencé.

Mais Coco, si.

Elle a trouvé les ciseaux à côté de mon lit. Et, comme elle était capable de découper des flocons en pliant les pages des vieux magazines, elle s'est crue capable de faire n'importe quoi avec les ciseaux.

Papa et maman ont dit que c'était ma faute si c'était arrivé, parce que je n'aurais pas dû me couper la frange toute seule, même un tout petit peu, et que je n'aurais pas dû non plus laisser traîner les ciseaux là où de petites Coco pouvaient les trouver.

Moi, je dis que lorsqu'on est la grande

sœur de Coco, tout est votre faute, même le fait de respirer car, même le fait de respirer peut donner des idées de bêtises à Coco.

Nous avions fini de déjeuner et j'étais dans ma chambre en train de réciter mes tables de multiplication. Je n'aime pas les tables et, comme je ne les aime pas, je dois les réciter beaucoup plus que quelqu'un qui les aime, ce que je trouve complètement illogique. Je dois me les répéter à voix haute tout en lançant une balle et la rattrapant. Je me sens ridicule de faire ça toute seule dans ma chambre, mais papa et maman disent que c'est obligé, et ensuite ils me testent, non seulement sur les tables mais sur mon habileté à attraper la balle. Donc, je ne peux pas vraiment tricher.

Papa tondait la pelouse et maman travaillait dans la pièce qui lui sert de bureau après avoir accroché à la porte la pancarte « SILENCE, VOTRE MÈRE RÉFLÉCHIT ». Peut-être que, sans le bruit de la tondeuse, l'un de nous se serait aperçu que Coco était silencieuse, ce qui, de sa part, n'est pas du tout normal. Dès qu'elle cesse de faire du bruit, on a la garantie qu'elle prépare une bêtise.

Donc, quand papa a eu fini et que je n'ai plus entendu la tondeuse, je n'ai pas non plus entendu Coco et j'ai compris qu'il allait y avoir du grabuge. Maman ne l'a sûrement pas entendue non plus car, au même moment, elle a ouvert sa porte pour demander :

— Coco ? Où es-tu ?

Et papa est rentré dans la maison et a remarqué :

— C'est bien calme ici.

Quand Coco est sortie de sa chambre, elle a fait comme si de rien n'était. Elle est passée devant la porte de ma chambre, plus discrètement que d'habitude, et j'ai cessé de lancer la balle et de chercher à me rappeler ce que faisaient sept fois quatre avant de l'avoir rattrapée.

– Coco, qu'est-ce que tu fabriques ?

– Je marche.

– Non, je veux dire : qu'est-ce que tu fabriquais ?

– Rien, a-t-elle répondu en prenant sa voix de menteuse, qui est très facile à reconnaître car elle n'a rien à voir avec sa vraie voix.

Elle s'imagine que les gens qui disent la vérité parlent sur ce ton-là.

– Viens ici.

Elle a fait demi-tour et a passé la tête dans l'entrebâillement de la porte.

Une tête sans presque plus aucun cheveu dessus.

– Coco ! Qu'est-ce que tu as fait ?

– Je me suis coupé les cheveux, a-t-elle répondu avec un sourire.

J'ai mis la main devant ma bouche, comme les gens qui ont un choc à la télé, et j'ai dit :

– Papa et maman vont te tuer !

– Ils n'ont pas le droit.

— Tu ne peux plus les recoller sur ta tête, tu sais.

— Je sais. Je n'en ai aucune envie.

Je n'arrivais pas à en croire mes yeux.

— Ils vont être terriblement fâchés, ai-je insisté.

— Mais non. Ils ne s'en apercevront même pas.

Et, avant que j'aie pu discuter ou l'en dissuader, elle est descendue toute souriante. Et je l'ai suivie. L'arrière de sa tête était plein de trous, comme mon jean avant que maman n'y couse des pièces.

Quand Coco est entrée dans le bureau de maman, j'ai compté jusqu'à deux et j'ai entendu maman pousser un cri strident, comme si elle avait vu une araignée sur sa chemise ou une souris dans le réfrigérateur ou un truc terrible dans le genre.

– Que se passe-t-il ? a demandé papa.

Il a filé devant moi dans le couloir et est entré dans la pièce où se trouvait maman, et Coco.

J'ai de nouveau compté jusqu'à deux, et alors papa a fait un bruit qui ressemblait plus à un beuglement qu'à un cri humain.

On aurait dit un ballon qui se dégonflait au ralenti.

— Qu'est-ce que j'ai dit ? s'est exclamée maman. Qu'est-ce que j'ai dit ce matin au sujet des cheveux ?

— Je ne me suis pas coupé les cheveux, a affirmé Coco.

Papa et maman ont dit « Comment ? » en même temps, comme s'ils avaient mal entendu.

— Je ne me suis pas coupé les cheveux. Vous pouvez aller regarder dans ma chambre si vous voulez.

— On n'a qu'à regarder ta tête, a dit papa.

— Il n'y a pas de cheveux dans ma poubelle, a dit Coco.

— Il n'y en a pas non plus sur ta tête, a dit papa.

— Il n'y a pas de preuve, a dit Coco. Allez voir.

Maman ne disait rien. J'ai jeté un coup d'œil par la porte entrouverte : elle avait la main sur la bouche, tout comme moi avant, et les yeux pleins de larmes, comme quand elle épluche des oignons.

Papa a dit qu'il n'avait pas besoin d'aller voir, parce qu'il voyait parfaitement bien d'où il était.

— Tes beaux cheveux d'or, a dit maman.

— Vous n'avez rien remarqué pour Flo, a répondu Coco.

— Ce n'est pas exactement pareil, a dit papa.

La voix de Coco s'est mise à trembloter. Les mots ont commencé à se bousculer, n'en formant bientôt plus qu'un seul, très long. On aurait dit qu'elle était sur le point de fondre en larmes.

— Vous avez trouvé les cheveux de Flo dans sa poubelle, a-t-elle bredouillé. Mais il n'y en a pas dans la mienne, donc vous ne pouvez pas en trouver. Ilnyapadpreuve.

Papa et maman se sont souri par-dessus la tête de Coco. Mais, lorsqu'elle les a regardés, ils avaient de nouveau l'air fâchés.

— Viens me montrer où tu les as mis, a

demandé maman avant de suivre Coco dans l'escalier.

Papa est monté aussi et il m'a fait un clin d'œil dans le couloir.

— Il faut que tu voies ça, allez viens, m'a-t-il dit.

Nous avons donc suivi l'arrière de la tête de Coco jusqu'à sa chambre, au premier étage.

Le plancher de sa chambre est peint en blanc, avec un petit tapis rouge. On ne voyait de cheveux nulle part. Ils n'étaient pas dans la poubelle et ils n'étaient pas non plus dans son lit ni sous les oreillers.

— Où as-tu mis tes cheveux ? lui ai-je demandé.

— Ils ne sont pas là, m'a chuchoté Coco.

Mais j'ai bien vu son regard se diriger vers le tapis rouge et j'ai compris.

Nous l'avons soulevé tous ensemble et les mèches de cheveux dorées de Coco se sont alors envolées, ondulant gracieusement telles des plantes aquatiques au fond de la mer, telles les dernières traces d'une princesse sur le point de se volatiliser. Ils étaient tellement beaux, là par terre, que Coco a dû les regretter car elle a éclaté en sanglots.

– C'est un peu tard, non ? a fait remarquer papa.

– Quand tu auras fini de pleurer, je te montrerai quelque chose, a dit maman.

J'ai compté jusqu'à cent dans ma tête et Coco avait presque fini. Ses épaules montaient et descendaient encore un peu, mais elle faisait beaucoup moins de bruit.

– Venez avec moi, a proposé maman.

Nous sommes tous redescendus dans sa pièce à réfléchir, où elle a ouvert un tiroir dans lequel elle a fouillé. Coco pleurnichait encore un peu.

– Voilà, a dit maman en sortant une photo qu'elle a tendue à Coco.

– Montre, ai-je dit.

C'était la photo d'une petite fille, à peu près de l'âge de Coco.

– C'est moi, a dit maman, ce qui a fait rire Coco.

– Tu as une drôle de tête, ai-je commenté.

– Je sais. Je venais de me couper les cheveux.

Coco et moi avons examiné très attentivement la photo de notre maman quand elle était petite. Elle avait les cheveux bruns, comme moi, avec une frange toute raide en haut du front, très, très courte. Elle avait l'air bête. Mais cela fait toujours un drôle d'effet de voir sa maman à l'âge de cinq ans, quelle que soit sa coupe de cheveux.

— Voyons voir ça, a dit papa.

— Est-ce que j'ai cette tête-là ? a demandé Coco.

— Non, ai-je répondu, ta coupe n'est pas aussi ratée.

— Du moins, pas de face, a précisé papa.

— Tant mieux, a dit Coco, ce qui a fait rire maman.

— Est-ce qu'on t'a grondée ? a voulu savoir Coco.

— Un peu. Et après, on m'a acheté un chapeau neuf et des barrettes.

— Je pourrais en avoir aussi ? a demandé Coco.

— Demain peut-être. On verra.

— Et quand est-ce qu'ils sont revenus ? a demandé Coco en caressant une mèche des cheveux de maman, longs et soyeux, et sans frange.

— Au bout de quelques mois…

— Des mois ? Mais c'est dans très, très longtemps !

Maman a passé la main sur la tête déplumée de Coco tout en contemplant sa vieille photo.

— Oh, non, pas du tout ! Tu verras, ça passe très vite.

Le monde de Coco

« Alors, on dirait que… » Coco est très forte à ce jeu. C'est sa grande spécialité. Grâce à son imagination débordante, elle est capable de transformer notre salon en grotte avec un lac intérieur, ou en forêt au sol moussu, ou en château abandonné. Il lui suffit d'écarquiller les yeux pour ne plus voir, comme moi, le canapé, le tapis ou la table : elle voit d'autres choses. Et, lorsqu'elle me les décrit, ces choses, elle le fait avec une précision telle que je les vois à mon tour.

Hier, comme il pleuvait trop pour sortir, nous avons découvert, en entrant dans le salon, Coco qui marchait très lentement sur place au milieu de la pièce. Elle avait mis des lunettes de soleil et s'était noué une taie d'oreiller autour de la tête.

— Qu'est-ce que tu fais avec ça ? lui ai-je demandé.

— C'est pour me protéger du soleil, m'a-t-elle répondu d'un ton sans réplique.

— Quel soleil ?

Coco a ôté ses lunettes noires et m'a regardée, excédée.

— Le soleil du désert, voyons ! Il est caniculaire.

Elle m'a indiqué le grand lampadaire posé dans un angle de la pièce. Elle en avait réglé l'intensité au maximum et sa luminosité était telle que j'ai dû plisser les yeux comme sous le vrai soleil.

— Où vas-tu ?

Coco a tendu la main en direction des rideaux dont les motifs représentaient des arbres verdoyants.

– À cette oasis. Allez, dépêche-toi, il faut qu'on y soit avant le coucher du soleil, m'a-t-elle ordonné avec un mouvement du menton vers le lampadaire, comme s'il était susceptible de s'éteindre d'un instant à l'autre, d'un seul coup et sans prévenir.

J'avais expliqué à Coco ce qu'était une oasis, ainsi que le sens du mot caniculaire. Je l'avais appris à l'école quand on étudiait les déserts.

— Je viens avec toi ?

— Trop chaud…, a décrété Coco en remettant ses lunettes de soleil et en progressant sur le tapis à tout petits pas. Je ne pourrai pas aller plus loin. Oh, vite, de l'eau… Quelle canicule.

— J'espère qu'il ne s'agit pas d'un mirage.

— Quoi donc ?

— Ton oasis.

— Qu'est-ce que c'est un mirage ?

Je lui ai expliqué que c'était quelque chose qu'on voyait, généralement dans le désert, mais qui n'existait pas réellement.

— C'est quand on voit des choses, ai-je dit, mais pas parce qu'on les imagine. C'est dû à la chaleur.

— C'est rigolo.

— Tu crois qu'on aura droit à un petit

gâteau quand on sera arrivées ? ai-je demandé.

Coco a tapé du pied et m'a de nouveau foudroyée du regard parce que je ne jouais pas assez le jeu.

— Il n'y a pas de petits gâteaux dans le désert !

Elle venait de marquer un point.

— Désolée.

— Aide-moi à relever mon chameau, il est tombé.

Le chameau de Coco était un gros fauteuil poire sur lequel elle avait jeté une couverture. Elle l'a poussé légèrement du bout du pied, avant de déclarer :

— Pas la peine. Je crois qu'il ne veut plus avancer. Nous allons l'abandonner sur place.

— Je n'abandonne pas un chameau dans le désert, ai-je déclaré, car je déteste qu'on fasse du mal aux animaux, même pour de faux. Je le porterai.

— Tu ne peux pas porter un chameau !

– Si c'est un bébé chameau, oui, ai-je affirmé en attrapant le fauteuil poire à bras-le-corps.

Il était assez volumineux, mais il ne pesait rien du tout.

– Alors, on dirait que la cuisine serait l'oasis, comme ça on pourrait en profiter pour demander un petit gâteau, ai-je insisté.

Coco a enlevé sa taie d'oreiller d'un geste brusque.

– Tu gâches toujours tout !

Mais elle m'a quand même suivie dans la cuisine.

Maman n'a pas voulu qu'on prenne de petit gâteau car le déjeuner était prêt. C'était soupe au menu. La soupe de légumes verts, c'est la ruse de maman pour nous faire manger des légumes.

Tandis que nous cherchions à deviner quel goût elle avait et que nous nous assurions que nos petits morceaux de pain respectifs avaient exactement la même taille, Coco a dit :

– J'ai trouvé ! On dirait que…

C'est toujours comme ça qu'elle commence quand elle est sur le point de transformer l'escalier en avalanche ou de décider que la salle de bains se trouve à l'intérieur d'une cascade.

– J'ai trouvé ! On dirait que…

Et la cuisine est devenue un donjon où nous (les princesses) étions retenues prisonnières à tout jamais par la Méchante Reine (maman) qui nous forçait à manger de la soupe de légumes verts.

– Et aux crapauds venimeux, a précisé maman en savourant la sienne avec un réel plaisir.

Je crois bien qu'elle adore la soupe de légumes verts.

– Non, c'est toi qui manges la soupe empoisonnée, a dit Coco à maman. Mais, nous, nous allons nous enfuir.

– Pas avant d'avoir terminé votre soupe.

Nous l'avons avalée en deux temps, trois mouvements, après quoi Coco a disparu sous la table.

– Psst ! Psst ! Cache-toi ! Il ne faut pas que la Méchante Reine te trouve, ou elle te fera mijoter dans son chaudron pour le dîner.

Il n'était plus question de boire un dernier verre d'eau ou de faire quoi que ce soit d'autre.

Or, maman ne se comportait pas vraiment en Méchante Reine. Elle faisait la vaisselle en écoutant la radio, ce qui est tout à fait normal et fort différent de ce que les reines sont censées faire, surtout quand des princesses sont cachées sous la table de leur cuisine. J'ai cru que Coco allait faire une réflexion à maman parce qu'elle ne jouait pas le jeu mais, au lieu de cela, elle s'est exclamée :

– Regarde ! Elle est en train de préparer un sortilège dans l'évier ! C'est maintenant ou jamais !

Nous nous sommes précipitées toutes deux vers la porte, et je me suis écrasée contre le dos de Coco qui avait du mal à l'ouvrir. Maman s'est retournée pour voir ce qui se passait et Coco a crié :

– Ne la regarde pas ou tu seras changée en statue !

Nous avons réussi à ouvrir la porte et avons grimpé l'escalier quatre à quatre sans que la Méchante Reine ne nous attrape. Puis nous nous sommes affalées par terre et avons ri comme des folles.

Coco n'arrêtait pas de rire jusqu'au moment où, en roulant sur elle-même, elle s'est cogné la tête contre notre malle à déguisements, qui est très grosse.

– Aïe !

Mais elle n'a pas pleuré. Elle a ouvert le couvercle et regardé à l'intérieur.

La malle a une drôle d'odeur et elle est très vieille puisqu'elle appartenait à maman quand elle était petite. Elle contient un costume complet de dalmatien, un autre d'ours, une panoplie de pirate, des épées et toutes sortes de choses, parce que maman avait un frère qui est notre oncle Peter. Il y a aussi des tas de robes de princesse.

Coco a mis une robe bleu pâle en tissu très fluide, un diadème avec de vraies perles de verre, des collants brillants et mes vieux chaussons de danse. J'ai choisi une robe rouge à la fermeture Éclair cassée, un long boa en plumes, qui gratte et chatouille le nez, et une paire de chaussures à talons hauts. Les chaussures étaient trop grandes pour moi, mais ça ne se voyait pas car la robe me descendait jusqu'aux pieds. C'était très difficile de marcher avec, mais tellement agréable de se sentir si grande.

À peine étais-je prête à me transformer en princesse que Coco avait déjà changé d'idée.

– J'ai trouvé ! On dirait qu'on est des chanteuses. On va faire un spectacle. Comment vas-tu t'appeler ? m'a-t-elle demandé.

– Blanche.

C'est le premier nom qui m'est venu à l'esprit. Coco m'a regardée en faisant une drôle de mine.

– Qu'est-ce que c'est que ce nom ?

– C'est une couleur, non ?

Coco a fait une mine encore plus bizarre.

– Quelle idée de s'appeler comme ça !

J'ai haussé les épaules.

– Bon, et toi, qu'est-ce que tu choisis ?

Coco avait déjà ôté sa robe fluide. Elle avait enfilé un T-shirt noir sur ses collants brillants et mis ses lunettes de soleil du désert. Elle se regardait dans la glace en faisant des grimaces.

– Zouzou ! a-t-elle dit d'une voix rocailleuse. Pousse-toi, mes fans me réclament !

Et elle s'est précipitée dans ma chambre pour mettre mon lecteur de CD à plein volume.

– C'est trop fort ! lui ai-je crié en rangeant les vêtements dans le coffre.

Coco ne pouvait pas m'entendre.

Elle sautait à pieds joints sur mon lit en faisant semblant de jouer de la guitare.

– Flo ! a appelé maman du bas de l'escalier. C'est trop fort !

– Je sais. Ce n'est pas moi, c'est Coco.

– J'essaie de travailler.

Je suis aussitôt allée baisser le son.

Coco s'est arrêtée de sauter. Elle a pris ma brosse à cheveux et s'en est servie comme d'un micro.

– Pourquoi tu as fait ça ? a-t-elle demandé.

— Maman travaille.

— Moi aussi.

— Pas vraiment, non…

— Tu crois peut-être que c'est facile de chanter devant des foules entières ?

— Je n'en sais rien. On pourrait faire autre chose. Des dessins, par exemple. Tu peux rester dans ma chambre si tu veux.

— D'accord.

Aussitôt dit, aussitôt fait. Coco et moi nous sommes assises par terre et avons dessiné. C'était agréable et reposant après tout ce vacarme.

J'ai fait un dessin de moi, avec papa, maman et Coco en train de pique-niquer dans un parc avec des écureuils. Coco tenait un cerf-volant. Il y avait un arc-en-ciel. C'était très réussi.

— Il te plaît, le mien ? m'a demandé Coco en me montrant son dessin.

Il représentait une île, avec des palmiers, des oiseaux étranges, des serpents et des fleurs, et des requins tout autour.

– Il est vraiment bien.

– Merci, a-t-elle répondu avant de tracer une grande croix en plein milieu. C'est une carte au trésor.

– Wouah !

– Allez, on joue, a-t-elle proposé. On va chercher le trésor tout de suite.

Il pleuvait toujours.

– Je ne crois pas que ce soit possible.

– Je déteste quand il pleut, a dit Coco en regardant d'un air lugubre par la fenêtre. Les pirates vont trouver le trésor avant nous et nous n'aurons plus rien. J'en ai franchement marre de la pluie.

Elle avait l'air malheureuse, plantée là. J'ai eu une idée.

— Et si le trésor n'était pas enterré dehors ?

— Ah bon ? Où ça, alors ?

— Ne bouge pas. Et surtout ne regarde pas.

Je suis descendue voir maman et lui ai demandé la permission de prendre quelques petits gâteaux enveloppés dans du papier doré, tout en haut du placard. Je les ai glissés dans une des chaussettes de papa, avec des billes et les petites pierres les plus brillantes de ma collection.

Ensuite, j'ai caché la chaussette dans la salle de bains, dans la boîte où maman range nos brosses à cheveux, sous une pile de serviettes de toilette.

Quand je suis revenue voir Coco, elle n'avait pas quitté la fenêtre, l'air toujours aussi sinistre.

— Vite, il faut y aller immédiatement ou ce sera trop tard.

— Pourquoi ? a dit Coco, la carte à la main. Où est-ce qu'on va ?

– C'est une fausse carte. J'ai entendu les pirates en parler.

– C'est vrai ?

– Oui, c'est vrai.

– Pourquoi ?

– Parce que ce n'est pas une île en réalité, même si ça y ressemble. Il y a un code secret, et je le connais. Le trésor est caché à l'intérieur du château des pirates. Je vais t'y conduire.

– Comment y va-t-on ?

– En traversant un lac en barque.

– Un lac ? s'est étonnée Coco. Il est profond ?

– Oui, très profond. Et la barque aura certainement un trou dans la coque et il y aura des crocodiles partout.

– Ah, chouette ! s'est-elle exclamée avec un large sourire. J'adore les crocodiles. Allons-y !

Et, dans ma valise, j'ai mis...

Nous devions partir en week-end chez des amis. C'est une famille comme la nôtre, avec une maman, un papa et deux sœurs. Avant, ils habitaient dans la même rue que nous, mais papa a dit qu'ils vivaient maintenant en pleine cambrousse et que c'était une véritable expédition pour aller les voir.

J'aime bien les voyages en voiture, quand on est tous les quatre ensemble. Elle n'est pas très grande et nous emportons toujours des tonnes de choses, donc on dirait un nid douillet, et c'est ça qui me plaît.

Papa dit qu'elle n'a rien d'un nid douillet, mais qu'elle est pleine comme un œuf. Il dit aussi que maman n'a pas besoin de prendre treize tenues différentes rien que pour trois jours. Il dit qu'il n'y a aucune raison pour que nous emportions absolument tous nos jouets.

— Et pourquoi faut-il que la banquette arrière soit la copie conforme de vos lits à la maison ? demanda-t-il encore.

— Parce que c'est plus douillet, lui répondons-nous.

— Certainement pas pour moi, avec cette espèce de château qui me rentre dans les côtes !

Il nous a fallu un certain temps avant d'arriver à démarrer. Une fois dans la voiture, maman a vérifié nos ceintures de sécurité. Coco et moi avons toutes les deux calé nos oreillers et partagé la couverture très équitablement. Puis on a dû rouvrir les por-

tières et les claquer de nouveau parce qu'un
voyant indiquait que l'une d'elles était mal
fermée. En général, c'est celle de Coco,
mais cette fois, c'était celle de maman.

— Nous sommes prêts ? a demandé papa.
Et Coco a dit :

— J'ai envie de faire pipi.

— Oh, Coco, je t'ai posé la question il y a
deux minutes…, a soupiré maman.

— À ce moment-là, je n'avais pas envie, mais maintenant ça presse.

Alors papa a râlé, et maman a sorti Coco de la voiture, rouvert la porte, est entrée dans la maison et a emmené ma petite sœur aux toilettes.

— Tu es sûre que tu ne veux pas y aller, Flo ? m'a demandé maman en revenant.

Je venais d'y aller, mais la crainte d'avoir

envie dans cinq minutes m'a fait douter, et je suis descendue à mon tour de la voiture.

— Ah, les femmes ! a dit papa.

— Nous ne relèverons pas, a rétorqué maman.

Bon, on nous a attachées de nouveau et nous sommes partis. Je me suis retournée pour regarder par la vitre arrière la maison qui s'éloignait. C'est toujours amusant de voir l'endroit où l'on était quelques instants plus tôt.

Nous ne sommes pas allés très loin parce que nous avons dû nous arrêter à une station-service pour faire gonfler les pneus et acheter des journaux et d'autres bricoles. Coco voulait des chips.

— Mais tu viens de prendre ton petit déjeuner, a fait remarquer maman.

— Je peux en avoir au fromage et aux oignons ?

— Ce n'est pas bon pour toi, les chips, a dit papa. Elles sont bourrées de sel et de graisse, et ça te donne des boutons.

– Non, ce n'est pas vrai. J'ai faim.

Maman a fouillé dans un sac posé à ses pieds et en a sorti une banane.

– Tiens, mange ça si tu as faim. Un bon fruit.

– Je n'ai plus faim. J'ai soif. Je peux avoir quelque chose à boire ?

– Aucun liquide jusqu'à ce que nous soyons arrivés, a décrété papa. Je ne vais pas m'arrêter toutes les cinq minutes pour que tu puisses faire pipi.

– Je me retiendrai, a plaidé Coco.

– Tu en es incapable, a répondu papa. C'est bien le problème.

Et là, nous sommes partis pour de bon.

J'ai regardé les gens que nous dépassions sur le trottoir et je me suis demandé si eux aussi allaient dans un endroit sympathique. Peut-être à la plage, ou chez leur grand-mère, ou à un grand déjeuner familial avec des tas de gens qu'ils connaissaient à peine, ou « en pleine cambrousse », comme nous.

Nous avons joué à des jeux pendant le trajet. D'abord, nous avons joué à « Je vois ». Ça n'a pas duré longtemps, parce que Coco n'est pas très bonne à ce jeu.

– Je vois quelque chose qui commence par arbre, a-t-elle dit.

Et moi, j'ai répondu :

– Arbre ?

– À ton tour.

– Je vois quelque chose qui commence par P.

– Pare-brise, a répondu papa.

– Comment as-tu deviné ? lui ai-je demandé.

Maman a ri.

– Tu commences toujours par pare-brise. De même que lorsqu'on joue au pendu tu commences toujours par éléphant.

C'est vrai, parce que ce sont des mots assez longs et je me dis que personne ne les trouvera. Mais ce n'est jamais le cas.

Ensuite papa et maman ont choisi des mots qui étaient vraiment difficiles à trouver, comme rien pour R et embrayage pour E, alors on a arrêté.

Après, nous avons joué aux portraits ; j'aime beaucoup ce jeu. On pense à un nom, une personne célèbre, un personnage de dessin animé, ou un fruit (comme noix de coco), et il faut trouver de qui ou de quoi il s'agit. On peut nous poser toutes les questions que l'on veut, mais on ne doit répondre que par oui ou par non.

Coco n'y a pas joué comme il faut. Quand son tour est venu de penser à quelque chose, je lui ai demandé :

— Est-ce que c'est une fille ?

Et au lieu de me répondre par oui ou par non, elle a dit :

— Les citrons ne peuvent pas être des filles, tu es bête !

Alors j'ai dit :

— Est-ce que c'est un citron ?

— Non.

Elle trichait.

La fois suivante, je lui ai demandé :

– Est-ce que c'est un animal ?

– Oui.

– Est-ce qu'il est noir et blanc ?

– Oui.

– Est-ce que c'est un zèbre ?

Et brusquement, ça n'était plus un animal, c'était Bart Simpson, puis une mandarine. Alors, je me suis fâchée et après nous nous sommes disputées.

– Étant donné que nous sommes obligés de rouler dans cette caisse en métal montée sur pneumatiques, sans aucun moyen d'en sortir pendant encore deux heures et demie,

est-ce que oui ou non vous vous sentez capables de faire un tout petit peu moins de bruit ? a demandé papa.

— Je ne criais pas, a répondu maman.

— Je n'ai jamais dit que tu criais, a rétorqué papa.

Sauf qu'elle criait, un peu.

Quand j'ai cessé d'être fâchée contre Coco, nous avons joué au jeu de l'alphabet. Il faut réciter l'alphabet d'un bout à l'autre en citant chacun son tour des prénoms de filles et de garçons. Papa n'arrêtait pas de dire n'importe quoi.

— Adam, ai-je commencé.

— Ben, a dit Coco.

— Chris, a enchaîné maman.

— Desmondo, a dit papa.

— Eddy, ai-je dit.

— Fred, a dit Coco.

— Georges, a poursuivi maman.

Coco a trouvé ce prénom complètement ridicule.

– Humperdinck, a proposé papa, ce qui a encore énervé Coco.

Il s'est excusé, mais il n'en pensait pas un mot. Ensuite, il a proposé Lego, Minus, Pecorino, Xylophone, et encore ce n'était que pour les garçons !

Puis maman a suggéré que l'on joue à « Je suis partie en vacances et, dans ma valise, j'ai mis… »

– Wouah, ça a l'air compliqué ! ai-je dit.

– Non, c'est amusant, a répondu maman qui nous a expliqué la règle.

Ce jeu a probablement le nom le plus long du monde, mais il est vraiment chouette. Et nous avons fait une grande découverte en y jouant.

C'était maman qui commençait :

– Je suis partie en vacances et, dans ma valise, j'ai mis un pyjama… et un livre.

Le joueur suivant (c'était Coco) devait se rappeler le pyjama et le livre, et elle a ajouté un chapeau de soleil.

Ensuite, c'était le tour de papa. Il devait

se rappeler le pyjama, le livre, le chapeau de soleil, et il a ajouté une balayette pour les W.-C., ce qui était complètement idiot.

Nous avons continué à jouer, la liste s'est allongée, et la valise devenait de plus en plus lourde à mesure qu'elle se remplissait, et il nous était de plus en plus difficile de nous souvenir, dans l'ordre, de tout ce que nous y avions mis. Je crois que j'ai réussi à me rappeler une dizaine de choses, mais j'ai commencé à me mélanger les pinceaux et à avoir mal à la tête, alors j'ai dû abandonner.

Je ne sais pas de combien d'objets Coco s'est souvenue, j'ai cessé de les compter. Elle était assise à côté de moi sur son siège rehausseur, avec bien plus de la moitié de la couverture sur les genoux.

— Je suis partie en vacances et, dans ma valise, j'ai mis… un pyjama, un livre, un chapeau de soleil, une balayette pour les W.-C., des sandales, de la crème solaire, mon ours, un tatou, mon réveil, mon appareil photo, un téléphone portable, des œufs,

une carte, des lunettes de soleil, une trousse, des harengs et… un bikini.

– Dix-sept ! a souligné maman. C'est incroyable !

Nous étions tous babas devant la performance de Coco.

— Tu as une mémoire phénoménale, l'a félicitée papa.

— Qu'est-ce que ça veut dire ?

— Ça veut dire que tu as une très, très bonne mémoire, a expliqué maman.

— Et moi ? ai-je demandé.

— La tienne est excellente aussi, petite passoire, a plaisanté papa.

Je sais que c'était une plaisanterie parce qu'il m'a fait un clin d'œil dans son miroir spécial.

— On peut y jouer encore ? a dit Coco.

Nous avons recommencé à jouer. Trois fois de suite. Et, encore une fois, Coco a fait preuve d'une mémoire phénoménale.

Nous avons joué tout le long du trajet jusqu'à ce que nous soyons arrivés « en pleine cambrousse ». Nous n'avons pas vu le temps passer et nous avons débarqué chez nos amis qui se sont empressés de nous accueillir, impatients de nous montrer la balançoire dans le jardin et les chambres où nous allions dormir.

– Bonjour ! nous sommes-nous tous écriés, sauf Coco.

Coco ne voulait pas sortir de la voiture, ce qui n'était pas normal, car elle adore les balançoires dans les jardins et encore plus nos amis qu'elle avait hâte de revoir.

– Allez, viens, Coco, a dit papa. Sors de là.

– Que se passe-t-il, Coco ? a demandé maman.

– On ne peut y jouer que dans la voiture ?

– Jouer à quoi ?

– À « Je suis partie en vacances et, dans ma valise, j'ai mis… »

Papa et maman ont éclaté de rire.

– Mais non, Coco, l'ai-je rassurée en lui tendant la main. Tu peux y jouer au jardin, sur les balançoires, chez les gens et partout où tu en auras envie.

– Très bien. Alors on va aller l'apprendre aux autres.

■ CHAPITRE 5 ■■■

Coco et la baby-sitter

Papa et maman devaient sortir et nous avions besoin d'une baby-sitter.

— Qu'est-ce que c'est une baby-sitter ? a demandé Coco.

— C'est une personne qui écrabouille les enfants qui ne sont pas sages, a répondu papa, et maman lui a fait les gros yeux.

— Non, pas du tout, a-t-elle dit, c'est quelqu'un qui vient vous garder quand nous sortons le soir.

— Pour aller où ? a dit Coco.

– Mais oui, au fait, a dit papa, quand devons-nous sortir ?

– Vendredi prochain. Nous allons au théâtre, tu te rappelles ? Nous avons réservé nos places il y a un temps fou. Et nous irons dîner au restaurant français.

– Qu'est-ce que vous allez manger ? a voulu savoir Coco qui semblait avoir très envie de les accompagner.

– Des escargots, a répondu papa en faisant une grimace.

Ce qui a mis fin instantanément à l'envie de Coco.

– Et mamie et papi ? ai-je dit. Ils peuvent nous garder.

Mamie et papi sont les parents de maman. Il nous arrive d'aller chez eux et d'y dormir toutes seules. Ils habitent très loin et ont deux chats et une grande boîte en fer où il n'y a que du chocolat.

— Ils sont partis en vacances, a répondu maman.

— Demandez à Naïma, a dit Coco.

Naïma est la maîtresse de Coco.

— Elle s'occupe déjà de toi toute la journée ; ça m'étonnerait qu'elle veuille te consacrer sa soirée !

— Peut-être que oui.

— C'est une maîtresse d'école, a insisté maman, et les maîtresses d'école ne font pas de baby-sitting.

J'ai répondu que mamie était aussi maîtresse d'école, car c'était son métier avant, et que papi pilotait des avions, et pourtant ils faisaient tous les deux du baby-sitting.

— Ce n'est pas la question, Mademoiselle-je-sais-tout. Ils le font gratuitement.

— Et tante Kate ? a proposé Coco.

— Tante Kate habite en Amérique, lui ai-je rappelé.

— Et alors ? Elle ne peut pas venir rien que pour une nuit ?

— Non, a dit maman.

— Ce n'est pas juste, a dit Coco.

— La vie n'est pas juste, a répondu maman.

— Et pourquoi non ? a demandé Coco, mais maman n'a pas répondu.

— On ne peut pas aller chez quelqu'un ? ai-je demandé. Chez Vanessa, par exemple.

Vanessa est ma super meilleure amie et elle habite dans la même rue que nous, au numéro vingt-neuf. Je suis allée chez elle trente-trois fois environ.

Les yeux de Coco se sont mis à pétiller d'excitation.

— On pourrait y passer la nuit ?

— Je ne pense pas, non, a dit maman.

Coco n'a jamais dormi chez une de ses amies. D'abord parce qu'elle est encore petite et aussi parce qu'il lui arrive de mouiller son lit, mais je ne suis pas censée le savoir parce que c'est très intime et que c'est un secret.

– Et Mme Butler ? ai-je suggéré.

Mme Butler est notre voisine. Elle a un chapeau violet et des collants de la couleur qu'auraient eue ses jambes si elle était partie en vacances et les avait fait bronzer. Son visage est très pâle sous son chapeau violet et ses jambes sont très brunes. Je ne sais pas de quelle couleur sont ses cheveux car je ne les ai jamais vus. Elle nous dit toujours « Bonjour, les filles ! » quand nous la croisons dans la rue, et un samedi elle m'a donné des pièces pour m'acheter des bonbons sans que j'aie rien demandé. C'est pourquoi je trouve qu'elle ferait une bonne baby-sitter.

– Je ne crois pas que Mme Butler arrivera à monter cet escalier, a dit maman, et encore moins à vous courir après pendant des heures.

– Pourquoi est-ce qu'on devrait courir ? a demandé Coco, d'un air innocent, cherchant à faire croire qu'elle ne voyait pas qui pouvait trottiner partout comme une petite souris couinante, danser sur la table ou sauter sur le canapé pendant qu'on essayait de lire.

« Qui ça, moi ? » semblait dire son visage.

« Oui, toi ! » lui a fait comprendre maman sans un mot.

Finalement, maman a trouvé quelqu'un qui s'appelait Joanna et qui était la fille de son amie du yoga, ou quelque chose dans le genre. Maman lui a parlé au téléphone et, une semaine avant le jour où papa et maman devaient sortir, elle est venue faire notre connaissance. Elle avait les cheveux violets. Et les ongles avec du vernis noir. Et une boucle d'oreille dans le sourcil. Mais on voyait qu'en dessous elle était jolie.

— On va rester toutes seules avec elle ? s'est affolée Coco pendant qu'on attendait sur le paillasson qu'elle nous dise bonjour.

— Chut, a dit maman. Oui, exactement.

— Bonjour, a dit Joanna.

— Bonjour, lui ai-je répondu, tandis que

Coco se cachait derrière moi et ne voulait pas se montrer.

— Elle est timide, l'ai-je excusée.

Et papa a fait un drôle de bruit parce que Coco est tout sauf timide. Je lui ai fait les gros yeux.

— Si, si, elle l'est, ai-je insisté.

— Non, je ne suis pas timide, est intervenue Coco. Je n'aime pas les cheveux violets, c'est tout.

— Coco, a dit maman, c'est très grossier.

— Ce n'est rien, a dit Joanna, et quand Coco a montré le bout de son nez, elle lui a souri. Tu n'es pas obligée d'aimer les cheveux violets. Ça ne me dérange pas du tout.

Le soir où papa et maman devaient sortir, Joanna est donc venue nous garder. Elle avait apporté un sac plein à craquer et, cette fois, elle avait les cheveux orange. Coco a ouvert des yeux grands comme des soucoupes et s'est de nouveau cachée derrière moi. Le nez collé dans mon dos, elle s'agrippait de toutes ses forces à mon haut de pyjama.

— Allez, sors, Coco, lui ai-je dit en cherchant en vain à la faire me lâcher.

J'essayais de sourire en même temps à Joanna, mais ce n'était pas facile. Ça devait ressembler davantage à une grimace.

— J'aime bien tes cheveux, a dit maman.

— J'ai pensé que Coco les préférerait peut-être en orange, a dit Joanna.

J'ai senti Coco secouer la tête contre mon dos, ce qui ne m'aidait pas à sourire.

Maman s'était bien habillée pour sortir, et ça la changeait en mieux, et papa avait mis un costume.

– Ma maman et mon papa vont manger des escargots, ai-je dit. Tu en as déjà mangé ?

– Non, je suis végétalienne, a répondu Joanna.

– Qu'est-ce que c'est ?

Je me suis demandé si ç'avait un rapport avec la couleur de ses cheveux.

Maman a expliqué que Joanna ne mangeait ni viande, ni poisson, ni œufs, ni lait, ni rien d'origine animale.

– Coco l'est presque aussi, ai-je dit. Elle ne veut manger que des céréales.

En disant au revoir à papa et à maman, j'ai dû les aider à chatouiller Coco pour qu'elle lâche le cou de maman. Maman a laissé des tas de numéros de téléphone en cas d'urgence. Je me demande à quel genre d'urgence elle pensait et ça m'a un peu inquiétée, mais je n'ai pas eu le temps de me renseigner.

Après leur départ, il n'y a plus eu un bruit pendant une minute. Coco me tenait la main et ne voulait pas la lâcher.

– Bon, a fini par dire Joanna, qui veut dessiner avec moi ?

Elle est partie dans la cuisine avec son gros sac, comme si elle était sûre qu'on la suivrait.

Nous nous sommes regardées, Coco et moi. Coco a fait une grimace, levant les sourcils le plus haut possible et baissant les coins de la bouche le plus bas possible, tout en haussant les épaules.

— Quel genre de dessins ? ai-je demandé.

J'adore dessiner, alors j'étais toute disposée à accepter.

— Un genre vraiment très amusant, a répondu Joanna en ressortant de la cuisine avec un gros rouleau de papier à la main.

— Qu'est-ce que c'est ? ai-je dit.

— Du papier peint. Pour dessiner dessus.

— Nous n'avons pas le droit de dessiner sur les murs. Nous avons de très gros ennuis quand ça nous arrive.

Joanna a ri.

— Nous n'allons pas le mettre sur le mur, mais par terre.

Coco a secoué la tête.

— Nous n'avons pas le droit non plus de dessiner par terre.

Et elle a roulé des yeux comme pour me dire : « Mais elle ne sait rien, cette baby-sitter ! »

— Ne t'inquiète pas, nous ne dessinerons sur rien d'interdit. Venez ici et couchez-vous par terre.

— Nous coucher ? ai-je dit.

Coco et moi nous sommes de nouveau regardées.

— Je n'ai pas envie, a dit Coco.

— Allez, viens, l'ai-je encouragée. On va s'amuser.

Coco s'est dirigée vers la cuisine à tout petits pas. Il nous a fallu un temps fou pour y arriver.

— Qui veut commencer ?

Coco m'a poussée, ce qui était sa façon de dire que c'était moi la première.

— Moi, ai-je répondu.

Joanna a déroulé le papier sur le carrelage de la cuisine et a posé un livre aux deux extrémités pour qu'il reste bien à plat.

— Allonge-toi dessus.

— Vraiment ?

— Oui, oui. Vas-y.

Je me suis couchée sur le papier et je l'ai regardée.

Le sol était dur et froid. En tournant la tête, j'ai vu toute la poussière qu'il y avait sous la cuisinière. Coco a eu l'air de nouveau très inquiète.

— Est-ce que tu es bonne en dessin ? ai-je demandé à Joanna.

— Oui, plutôt. Maintenant, ne bouge plus.

— Qu'est-ce que tu vas faire ?

— Je ne vais rien faire du tout. C'est Coco.
Viens ici, Coco.

Coco attendait à la porte, le pouce à la
bouche. Joanna lui a tendu un stylo. Un
gros et grand stylo-feutre rouge qui sentait
fort et qui a eu pour effet d'expulser d'un
seul coup le pouce de la bouche de Coco et
de mettre ses petits pieds en mouvement.
J'ai remarqué qu'elle n'avait pas ses pantoufles. Maman lui aurait fait une réflexion,
mais cela n'a pas semblé gêner Joanna.

— Tu vas tracer le contour de ta sœur.

— Tout autour ? a demandé Coco.

— Oui. Comme quand tu dessines ta main
sur une feuille de papier.

Coco a donc ôté le capuchon du gros
stylo, s'est mise à quatre pattes et s'est

penchée sur moi si près que son visage frô-
lait le mien.

— Ne bouge pas, m'a-t-elle ordonné.

Et elle a commencé à dessiner, me tournant autour au fur et à mesure. Le stylo-
feutre crissait sur le papier, résonnait dans
mes oreilles quand elle traçait le contour de
ma tête, de mes doigts, de mon genou à pré-
sent, puis de mes pieds. Lorsque je me suis
relevée, j'étais toujours couchée là, sur le
papier, pas très nette à certains endroits,
mais c'était bien ma silhouette. Je me suis
trouvée vraiment grande.

Joanna sortait des tas de choses de son
sac : du tissu, du papier, de la colle, des
crayons, des paillettes…

— Maintenant, il va falloir l'habiller.

Alors nous nous sommes mises à couper
et à coller, et très vite, cette fille qui n'était
pas moi, mais qui était exactement de ma
taille, s'est retrouvée avec une jupe, un
T-shirt, un cardigan, des chaussettes rayées
et de grandes chaussures à paillettes.

Ensuite, j'ai fait la même chose avec Coco, puis nous avons toutes les deux dessiné la silhouette de Joanna qui était presque aussi grande que Coco et moi l'une au-dessus de l'autre.

Quand il a été l'heure d'aller dormir, nous avons aidé Joanna à tout ranger, et elle nous a aidées à nous laver les dents et la figure.

Coco a emporté dans sa chambre le dessin de Joanna, disant que comme ça elle aurait une baby-sitter en permanence auprès d'elle, et qu'elle dormirait bien et ne se relèverait pas une seule fois.

— Bonne nuit, a dit Joanna. Dormez bien.

— Bonne nuit, ai-je dit.

— Bonne nuit, a dit Coco, avant d'ajouter : Joanna ?

— Oui ?

— J'aime vraiment bien les cheveux violets. Et les cheveux orange aussi. Ça me plaît beaucoup.

Docteur Coco

Un beau matin, à son réveil, Coco a décidé d'être docteur. Pas docteur pour les personnes, non, docteur pour les jouets.

Tout a commencé à la kermesse de l'école. C'est là que Coco a trouvé son premier jouet malade. C'était un petit éléphant qui tenait dans le creux de la main. Il avait la trompe écrasée et une patte en moins. Il avait vraiment l'air pitoyable. Coco m'a demandé de lui prêter quelques centimes pour pouvoir l'acheter.

Pendant tout le trajet du retour, elle a tenu l'éléphant entre ses mains avec une grande délicatesse, comme un objet très fragile.

– C'est un garçon ou une fille ? lui ai-je demandé.

– Je ne sais pas, a répondu Coco sans le quitter des yeux. Je n'ai pas encore regardé.

– Eh bien, en attendant, regarde où tu vas, lui a dit maman, tu vas bousculer quelqu'un.

Une fois à la maison, Coco a monté directement son éléphant dans sa chambre. Elle a enfilé une blouse blanche, qui était en réalité le haut de ma tenue de judo. Comme il était déjà trop grand pour moi, il lui arrivait aux chevilles. Elle a mis les lunettes noires en plastique auxquelles était autrefois fixé un faux nez jusqu'au jour où elle l'a arraché. Elle a couru partout pour trouver des Post-It et du sparadrap, et, dans la salle de bains, a rempli d'eau une petite tasse de son service à thé.

Quand elle a eu réuni tout le matériel dont elle avait besoin, elle a examiné l'éléphant à l'aide de sa loupe.

— Où as-tu mal ? a-t-elle demandé en appuyant dessus du bout d'un coton-tige. Tu es très courageux ! Quel bon patient !

Tout comme un vrai médecin.

Elle a décrété qu'il avait une jambe cassée (ce qui était évident) et un très gros rhume. Puis elle l'a soigné avec un peu d'eau et un bandage en papier toilette.

Elle lui a humecté la trompe et l'a envelop-
pée dans une bandelette, et elle a fait la
même chose à l'emplacement de la patte
manquante. Ensuite, elle lui a improvisé un
lit par terre, dans une boîte à chaussures,
avec l'oreiller du berceau de ma poupée.

Depuis ce jour, Coco n'a cessé de
recueillir tous les jouets un peu mal en
point. Dès qu'elle trouvait un ours auquel il
manquait un œil, un chien qui n'avait plus
de queue, ou un écureuil qui perdait son
rembourrage, elle le rapportait à la maison.
Si jamais nous décidions de ne pas le
prendre, elle s'inquiétait pour lui au-delà de
toute mesure. Je crois que Coco était vraiment triste de voir des jouets malades. Et
maman disait qu'avoir la paix et la tran-
quillité pour quelques centimes par-ci par-
là, cela valait vraiment la peine.

Dans la chambre de Coco, il y a une table
à côté de son lit, et un grand placard pour
ranger tous ses vêtements. C'est tout. Sa
chambre n'est pas très grande. Et depuis

qu'elle y entasse tous les jouets malades, les bandages et tout le reste, elle est archi-comble.

– Comme en vrai, à l'hôpital, a dit papa.

Coco dispose ses patients bien en rang, comme dans une salle d'hôpital. Elle fait un lit à chacun avec les vêtements qui devraient être rangés dans son placard. Il lui arrive de ne plus avoir un seul T-shirt propre car ils servent de matelas à ses jouets. Il arrive également qu'on ne puisse accéder à son lit, tant le sol est jonché de

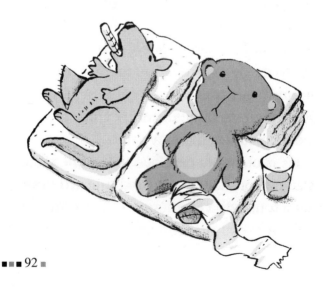

jouets en train de dormir. Et, si vous avez le malheur de seulement risquer de marcher sur l'un d'eux, Coco vous en voudra pendant des jours.

— Cet endroit est en train de devenir ingérable, a fait remarquer papa tandis qu'il essayait de mettre Coco au lit, en équilibre sur un pied.

— Comment ça ? a dit Coco.

Alors que papa vacillait, j'ai vite fermé les yeux de peur qu'il ne tombe sur un kangourou à la poche ventrale déchirée.

— Cet hôpital, a-t-il expliqué, il a tout envahi.

— Je sais, a répondu Coco.

— Tu ne peux pas les pousser un peu, non ? ai-je proposé.

Je cherchais à arranger les choses, mais Coco m'a foudroyée du regard.

— Ils vont être écrasés, a-t-elle répliqué.

Papa a répondu qu'à voir la tête de certains, c'était déjà fait.

— Ce n'est pas drôle, papa.

Et à en juger par sa tête à elle et par la façon dont elle brandissait son petit index, il était évident que Coco prenait tout ça très au sérieux.

— J'ai des peluches qui sont trop pas heureuses. Et je suis tout pour elles.

À peine a-t-elle eu fini sa phrase qu'une pile de pulls a dégringolé de son placard. Papa a regardé Coco, puis les pulls (qui avaient atterri entre la poupée borgne et les deux ours sans oreilles), et ensuite il m'a regardée.

— J'ai l'impression que la maison s'écroule, a-t-il dit. Le terrain doit être en pente.

— Qu'est-ce que tu racontes ? a demandé maman qui entrait dans la chambre et essayait de trouver un endroit où s'asseoir.

C'était son tour de lire une histoire à Coco et le mien de lire avec papa.

— La maison s'écroule, ai-je répété.

— Papa veut rétrécir mon hôpital, a dit Coco.

Maman a regardé papa et il a levé les yeux

au ciel en tendant les deux mains en avant :
on aurait dit une théière à deux becs et sans
anse.

– Eh bien, quoi ? C'est le bazar ici. On ne
voit même plus le sol.

Maman a brandi son index en direction de
papa, tout comme Coco.

– C'est toujours comme ça quand on veut
sauver des vies, a affirmé maman.

– C'est vrai, a reconnu papa.

– Et la maison n'est pas du tout en train de
s'écrouler. Fais-moi le plaisir de dire aux
filles que la maison ne s'écroule pas.

– La maison ne s'écroule pas, les filles,
nous a dit papa, de la même voix que Coco
quand elle a fait une bêtise et qu'elle doit
s'excuser. Bon, maintenant explique-moi
pourquoi ces vêtements ne cessent de tomber de ce placard ?

– Je n'en sais rien, a répondu maman.
Peut-être qu'il n'est pas fait pour les vêtements. Et peut-être que le docteur ici pré-
sent n'est pas un spécialiste du pliage.

Papa et moi sommes partis dans ma chambre pour lire un livre. Ma chambre est plus grande que celle de Coco. Je n'ai pas autant de jouets qu'elle et mes vêtements sont rangés dans une commode. Papa avait l'impression qu'on n'était pas dans la même maison.

C'était à moi de lire une page. C'est ce que nous faisons, le soir, quand je suis couchée : nous lisons une page chacun notre tour. Quand papa a lu sa page, je n'ai pas vraiment écouté car j'étais en train d'avoir une idée. C'est très difficile d'écouter lire quelqu'un quand on a une idée comme la mienne.

— Tu m'écoutes ? a demandé papa.

— Non, je réfléchis.

— À quoi ?

— Au placard de Coco.

Papa m'a répondu qu'il plaisantait quand il a dit que la maison était en train de s'écrouler.

— Je sais. Mais je ne pensais pas à ça. Je

me disais que son placard ferait un formidable hôpital pour jouets.

Samedi matin, maman a annoncé qu'elle allait sortir avec Coco pour lui acheter un meuble à tiroirs d'où ses vêtements ne pourraient pas tomber.

— Et moi, qu'est-ce que je fais ? ai-je demandé.

— Tu vas avoir du travail, m'a dit papa en me faisant un clin d'œil.

— Qu'est-ce qu'elle va faire ? a dit Coco.

— Vider les ordures, a répondu papa.

Comme c'était ce que Coco détestait le plus, elle n'a pas insisté.

– Qu'est-ce qu'on va faire en vrai ? ai-je demandé à papa après leur départ.

– Je vais vraiment vider les ordures et nous allons lui construire un véritable hôpital pour ses jouets.

J'ai commencé par sortir du placard tous les vêtements de Coco pour les empiler plus ou moins bien sur son lit.

Ensuite, j'ai mesuré les étagères, ce qui était délicat car la règle était trop courte. J'ai découpé des feuilles de papier à peu près à la mesure, sur lesquelles j'ai dessiné au feutre le plus de lits possible. J'ai colorié tous les couvre-lits, et j'ai ajouté des oreillers, des tables de nuit et tout le matériel nécessaire.

C'était l'un de mes plus beaux dessins. J'ai dû recommencer l'opération quatre fois parce qu'il y avait quatre étagères, et à la fin j'avais terriblement mal à la main. Certains lits étaient plus grands que d'autres,

car ils devaient correspondre à la taille des peluches.

Ensuite, j'ai disposé le papier sur les étagères, j'ai pris tous les jouets malades, l'un après l'autre, et je les ai couchés dans le placard. Puis j'ai ramassé tous les vêtements sur lesquels ils étaient couchés avant et j'en ai fait une espèce de pile sur le lit.

— Est-ce que tu t'en sors ? m'a demandé papa en entrant dans la chambre.

J'étais tellement occupée et concentrée qu'il m'a fait sursauter.

Nous nous sommes reculés pour voir l'effet. Le placard ressemblait à un véritable hôpital. J'ai failli regretter qu'il ne soit pas à moi.

— C'est superbe ! Bravo, Flo.

J'étais très impatiente que Coco rentre.

Papa est allé chercher le petit escabeau de la cuisine pour qu'on puisse visiter la salle du haut.

— Regarde ! s'est-il soudain exclamé, m'inquiétant un peu.

— Qu'est-ce qu'il y a ?

Il se tenait au milieu de la chambre de Coco et regardait par terre.

— Miracle ! On voit le sol !

Quand Coco est revenue avec maman et une commode, je l'attendais au pied de l'escalier avec sa blouse de médecin. Je voulais qu'elle la mette avant de monter dans sa chambre.

– Que s'est-il passé ? s'est-elle alarmée. Qui est malade ?

– Personne, a répondu papa. Tu viens seulement de bénéficier d'une énorme subvention.

– Qu'est-ce que ça veut dire ?

Nous avons attendu que Coco et maman soient arrivées en haut pour leur expliquer.

– Flo t'a construit un hôpital, a annoncé papa en m'ébouriffant les cheveux.

Les yeux de Coco se sont arrondis comme des billes, et sa bouche aussi.

– C'est… le… plus… bel… hôpital… du… monde…

– Il a plusieurs étages, ai-je dit.

– Regardez les lits ! s'est-elle écriée. Ils ont l'air vrais.

– C'est moi qui les ai faits.

Coco a grimpé sur l'escabeau pour inspecter son nouvel hôpital. Elle souriait et je crois qu'il lui plaisait énormément.

Puis elle a dit :

– Oooh…

– Qu'est-ce qui ne va pas ? ai-je demandé.

Je ne voyais pas ce que nous avions pu oublier.

Coco passa de nouveau en revue tous les étages de l'hôpital.

– Tous les lits sont occupés.

– Et… c'est ennuyeux ? a dit papa.

Coco a regardé maman, et maman m'a regardée avant de se tourner vers papa.

Puis Coco a tendu la main et maman lui a remis un sac en plastique.

– Eh bien, a dit Coco, il y avait une table avec des peluches…

– Oh, non ! a dit papa.

Coco a vidé le contenu du sac par terre. Trois jouets en sont tombés : un phoque chauve, un chat sans nez et un serpent dont la langue n'était plus qu'un maigre fil.

– Oh, non ! a-t-il répété.

– Ce n'est pas grave, a dit Coco en sortant trois T-shirts de la pile posée sur son lit. Je vais les installer par terre.

Bonne nuit, Coco!

L'autre soir, comme le dîner n'était pas encore prêt et que nous n'avions rien de mieux à faire, maman nous a autorisées à regarder un film. Elle nous a envoyées dans la pièce de la télé pour en choisir un. Ça peut se révéler très difficile, car nous ne sommes pas toujours d'accord, Coco et moi. Il se peut même que nous passions presque autant de temps à choisir un DVD qu'à le regarder.

— Je voudrais voir celui-ci, a dit Coco.

Il y avait sur la pochette la photo d'un cow-boy, l'air un peu inquiet.

— Ce n'est pas pour nous, ai-je dit. On n'a pas le droit de le regarder.

— Pourquoi ?

— Parce que nous n'avons pas seize ans.

— Papa non plus, et pourtant il le regarde bien, lui.

— Il est plus vieux. Donc, c'est bon.

— Et celui-là ? a proposé Coco.

Je ne sais pas pourquoi elle l'a choisi, c'est pour les bébés.

— Sûrement pas. Tu l'as déjà vu cent fois. Nous n'allons pas le regarder encore !

Nous avons recommencé à chercher quelques instants.

— Alors celui-ci, ai-je dit. C'est une histoire de sirènes. Il est trop bien.

— Trop ennuyeux.

Je commençais à désespérer.

— Pourquoi pas celui-là ? a dit Coco.

Il y avait la photo d'un garçon vêtu tout en noir, avec de drôles de dents et de petites lunettes. Ç'avait l'air bien. Il n'était pas interdit aux moins de seize ans et nous ne l'avions jamais vu.

– D'accord, allons le montrer à maman.

Maman était dans la cuisine et il y avait de la buée partout. Elle faisait probablement des pâtes. Maman adore faire des pâtes, donc elle en fait tout le temps.

– Je ne crois pas que ça va vous plaire, a-t-elle dit en examinant le DVD à travers un nuage de vapeur.

– Pourquoi ? ai-je demandé.

– Toi, ça ira, Flo, mais je ne suis pas sûre que ça plaira à Coco.

Ce qui est sûr, c'est que cette réponse n'a pas plu du tout à Coco.

– Pourquoi ? a-t-elle demandé.

– Ça fait un peu peur, a répondu maman.

– Je n'aurai pas peur.

– Je n'en suis pas certaine, a dit maman. Pas du tout certaine.

Alors nous sommes reparties, pour essayer de choisir autre chose. Sauf que

Coco avait déjà arrêté son choix. Chaque fois que je lui proposais un DVD, elle fermait les yeux et secouait la tête.

– Non. C'est celui-là que je veux.

Et elle n'a pas voulu lâcher le film qui fait peur avec le garçon aux dents bizarres.

Finalement, maman est venue voir où nous en étions.

– Nous ne trouvons rien, ai-je expliqué. Je crois qu'on va abandonner.

– Parce que c'est toi qui ne veux pas qu'on regarde celui qu'on veut, a reproché Coco à maman.

– Oui, parce que je n'ai pas envie que vous ayez peur.

– Oh, s'il te plaît, a supplié Coco. Je n'aurai ni peur ni rien du tout, c'est promis !

Maman a réfléchi quelques instants.

– D'accord. Vous allez essayer. Mais vous arrêtez dès que vous n'aimez pas.

C'était l'histoire d'un garçon dans un château. Pendant son sommeil, un autre garçon est entré par la fenêtre en volant, au beau milieu de la nuit. Le garçon qui volait était celui qui avait de drôles de dents. C'était un vampire. Il voulait juste être son ami.

– Je n'aime pas ce film, a décrété Coco.
– Moi, si.

— Je ne l'aime vraiment pas, a-t-elle insisté.

Nous avons donc arrêté le DVD et joué aux cartes à la place.

Coco était très calme durant tout le dîner. Elle était très calme quand elle a pris son bain, et elle était encore très calme après que maman et papa lui ont dit bonne nuit et sont redescendus. En général, dès qu'ils sont partis, elle m'appelle derrière le mur, ou sonne la cloche dont la ficelle part de sa chambre et aboutit dans la mienne, ou encore elle se met à chanter assez fort pour que je lui demande de se taire.

Ce soir-là, il n'y avait aucun bruit. Silence total.

Une fois dans mon lit, j'ai repensé au garçon du château qui était aussi dans le sien. Les fenêtres de sa chambre vibraient et tremblaient, les rideaux s'agitaient et les arbres au-dehors frappaient contre les vitres comme s'ils voulaient entrer. Ma fenêtre ne faisait aucun bruit, un lampadaire éclairait la rue et mes rideaux étaient très sages et se tenaient tranquilles. J'étais bien contente de ne pas habiter dans un château pareil.

Quand j'ai ouvert les yeux, Coco était à côté de moi et me tapait sur l'épaule.

– Qu'est-ce qu'il y a ?

– Je n'arrive pas à dormir.

– Pourquoi donc ?

– Je suis la seule personne au monde à être réveillée.

– Mais non, voyons. Je suis réveillée, moi aussi. Qu'est-ce que tu as ?

Coco ne répondait pas.

– Que se passe-t-il ?

– J'ai peur.

– De quoi ?

– Du garçon qui entre en volant dans toutes les chambres, a avoué Coco en serrant ses bras autour d'elle, comme si elle avait soudain très, très froid.

– Mais il ne va pas entrer dans ta chambre.

– Comment le sais-tu ?

– Parce que ce n'est qu'un film.

– Il ne m'a pas plu.

– Mais il n'y avait rien de vrai, ai-je expliqué. C'était pour de faux.

Coco m'a regardée.

– Il ne m'a quand même pas plu. Et ça
m'empêche de dormir.

Debout, à la tête de mon lit, elle attendait
que je fasse quelque chose. Mais j'ignorais
ce qu'elle voulait.

– Est-ce que tu es allée voir papa et
maman ?

Coco a fait non de la tête.

— Pourquoi pas ?

— Je ne sais pas, a-t-elle répondu en haussant les épaules.

— C'est parce que le film t'a fait peur ?

Coco a de nouveau haussé les épaules.

— Je ne sais pas.

— Est-ce parce que maman ne te laissera plus regarder de films si elle l'apprend ?

— Je ne sais pas, a dit Coco en fronçant les sourcils.

Mais elle savait parfaitement.

— Tu veux venir dans mon lit ?

Elle a acquiescé. Je me suis poussée et j'ai soulevé les couvertures pour qu'elle puisse se glisser dans les draps. Elle avait les pieds très froids.

— Ne me touche pas ! ai-je dit.

— Pourquoi ?

— Parce que tu as les pieds glacés.

Coco a gloussé et m'a touchée avec ses pieds.

— Arrête, Coco.

Elle a ri de nouveau.

– Si tu recommences, tu retournes dans ton lit.

– Pardon, pardon. Oh, non, s'il te plaît ! Je n'arriverai pas à dormir.

– J'ai cru que tu t'étais endormie instantanément. Tu ne faisais aucun bruit.

– Oui, je ne voulais pas que le garçon m'entende. Il ne fallait pas que je bouge du tout, ni que je ferme les yeux, ni rien.

– Et tu ne t'es pas endormie ?

– Je ne sais pas. Je faisais le guet.

J'ai remonté les couvertures sur nous deux et j'ai fermé les yeux.

– C'est moi qui vais faire le guet, maintenant, ai-je dit.

– D'accord.

Le silence a été de courte durée.

– Flo ?

– Oui.

– Ça existe, les châteaux, en vrai ?

– Oui, je crois.

– Oh…

J'ai refermé les yeux.

– Et il y a des gens qui y vivent ?

– Je crois. Ça arrive.

– Qui ?

– Des gens riches, des rois…

– Et ils sont comme dans le film ?

– Je n'en sais rien. Qu'est-ce que tu veux dire ?

– Eh bien, hantés, avec des chandeliers, et de la musique qui fait peur…

J'ai revu le château du DVD, ses couloirs obscurs, ses tableaux lugubres et ses toiles d'araignée. Il devait y avoir aussi des chauves-souris. Et des souris. Et des fantômes.

J'ai commencé à regretter d'avoir regardé le film.

— Dors, Coco.

— Et si le garçon entre par ta fenêtre ? Que ferons-nous ?

— Il n'entrera pas.

— Tu en es sûre ?

— Mais oui.

— D'accord, a dit Coco.

Elle s'est retournée, tirant à elle toutes les couvertures.

J'ai regardé la fenêtre et songé au garçon qui volait. Il cherchait simplement à trouver un ami. Ce doit être difficile de se faire des amis quand on fait peur à tout le monde.

— Je me demande ce qui est arrivé, a repris Coco.

— Où ça ?

— Dans le film. Je voudrais savoir ce qui s'est passé après.

— Moi aussi.

— Nous en regarderons encore un petit bout ?

— Maman ne nous y autorisera pas.

— Mais si…

— Et si c'est encore plus effrayant ? Qu'est-ce que tu feras ?

— Je viendrai te voir ! a répondu Coco en gloussant de rire et en me touchant avec ses pieds qui n'étaient plus aussi glacés.

— Bonne nuit, Flo !

— Bonne nuit, Coco !

Quelques secondes plus tard, elle dormait. Coco ronfle. Elle ronfle comme un petit hippopotame.

Je le sais, parce que j'ai fait le guet toute la nuit.

Une nouvelle maison

Papa et maman nous ont annoncé que nous allions changer de maison.

Coco n'a pas bien compris ce dont il s'agissait : elle a cru qu'on allait changer la maison, comme on change un bébé. Ils lui ont donc expliqué que nous allions simplement habiter dans une autre maison.

Coco et moi n'étions pas du tout d'accord. Nous aimions beaucoup notre maison. Nous avions un jardin, avec de la vraie herbe, une belle porte peinte en bleu et il y a de très jolies choses dans nos chambres.

— Nous devons déménager, a dit maman. Cette maison commence à être trop petite pour nous tous.

— Elle n'est pas trop petite, ai-je dit, elle est douillette.

— Douillette, c'est ça ! a répété papa. On est serrés comme des sardines, oui !

— On n'est pas des sardines, ai-je répondu.

— Pourquoi faut-il déménager ? a demandé Coco.

— C'est ta faute, a dit papa. Tu n'arrêtes pas de grandir. Nous t'avons pourtant bien dit que ça suffisait comme ça, mais non, tu n'en fais qu'à ta tête. C'est très difficile de vivre avec quelqu'un qui est de plus en plus grand de minute en minute.

Coco a regardé papa d'un air ébahi, comme si elle venait de faire une grande découverte.

— Et toi ? Tu ne grandis pas ?

Papa a secoué la tête.

— Non. Ta mère et moi avons cessé de grandir il y a un bon bout de temps.

— Alors, qui vous permet de vous acheter des chaussures ? On n'a des chaussures neuves que le jour où les vieilles sont trop petites.

— Ah, ah ! Très malin ! a fait remarquer papa en se tapotant la tête avec deux doigts. Quand tu pars de chez ton papa et ta maman, ils te font un mot qui t'autorise à acheter de nouvelles chaussures, des livres, des bicyclettes, des maisons et tout et tout, tant que ce sont des achats intelligents.

— Non, ce n'est pas vrai, ai-je dit. C'est idiot.

— Ce n'est pas idiot, c'est la vérité.

— Je ne te crois pas, ai-je insisté.

— Donc, ce ne sera pas la peine de te faire un mot quand tu quitteras la maison, a-t-il conclu.

— Pour moi, si, a dit Coco.

— Nous allons vraiment acheter une nouvelle maison ? ai-je demandé à maman.

Maman a confirmé.

Coco et moi nous sommes regardées, bouché bée, et nous n'avons pas su que penser.

– Ça va être rigolo, a dit papa. Enfin, dans un certain sens… Vous verrez.

J'ignorais dans quel sens ça allait être rigolo et d'ailleurs je ne voyais pas ce qu'il pouvait y avoir de si drôle à tout abandonner pour aller s'installer dans un endroit qu'on n'a jamais vu de la vie. C'est ce que j'ai dit à papa et à maman. Ils m'ont répondu que nous n'avions pas à nous inquiéter, que tout allait bien se passer et que si nous avions des questions à leur poser nous n'hésitions pas à le faire.

Et c'est ce que nous avons fait.

Nous les avons poursuivis de pièce en pièce en les accablant de questions. Est-ce que nous devrons aussi changer d'école ? Est-ce que nous aurons le temps de prévenir nos amis ? Est-ce que nous pourrons emporter toutes nos affaires ? Et comment étions-nous supposées les transporter ? Et comment saurons-nous aller dans notre nouvelle maison si nous ne savons même pas où elle se trouve ? Et que se passerait-il si nous laissions à la maison quelque chose qu'on aurait caché et dont on aurait oublié la cachette, et que tout à coup on s'en souvenait, bien après avoir déménagé ? Et puis, au fait, qui allait habiter dans notre maison ?

Papa a dit que nous ne faisions que déménager, que nous n'émigrions pas. Je ne savais pas ce que ça signifiait.

Papa a répondu :

– Ça veut dire déménager à l'autre bout du monde. Ce n'est pas ce que nous allons faire.

Maman a dit que nous pourrions continuer à aller à la même école, avoir les mêmes amis et emporter tout ce que nous voulions, dans les limites du raisonnable. Ça non plus, je ne savais pas ce que ça signifiait.

Maman a répondu :

– Ça veut dire que vous ne pouvez pas emporter vos papiers de bonbon, vos chaussettes dépareillées et les biscuits entamés.

– Quelle idée ! a commenté Coco.

Maman a dit qu'elle avait des photos de la nouvelle maison qui était pour l'instant l'ancienne maison de quelqu'un d'autre, avec toutes ses affaires encore à l'intérieur.

– Voilà ta chambre, Coco.

Et maman nous a montré une photo où l'on voyait un gros fauteuil et d'immenses rideaux.

Coco a frissonné et mis son pouce à la bouche.

– Et voilà la tienne, Flo, a-t-elle ajouté en nous montrant une autre photo, avec un lit,

une armoire terrifiante et des rideaux encore
plus immenses.

— Oh…, ai-je fait.

— Ta chambre a l'air plus grande que la
mienne, a dit Coco.

— Elle est plus grande, en effet, a répondu
maman.

— Hmm ? a répliqué Coco.

Ce qui était une façon ultra rapide de dire
en même temps : « Et pourquoi donc ? » et
« Ce n'est pas juste. »

Maman a dit que j'avais la plus grande
chambre parce que j'étais l'aînée, point
final.

Coco m'a lancé un regard noir et a dit que quand elle serait grande, et plus vieille que moi, elle aurait la grande chambre.

– Oui, tu l'auras quand tu seras plus vieille que Flo, a rétorqué papa en me faisant un clin d'œil parce que, contrairement à nous, Coco ne sait pas qu'elle ne pourra jamais être plus vieille que moi.

Un jour, nous sommes allés voir la nouvelle maison.

Elle avait l'air d'être à personne et ne sentait pas très bon, et on avait l'impression que des cambrioleurs étaient cachés derrière les immenses rideaux de la photo. Mais le jardin était vraiment bien. Papa a dit que nous pourrions installer un toboggan et un bac à sable, et si Coco a cessé de s'inquiéter, ça n'a pas été mon cas.

Et, un autre jour, les deux personnes qui allaient habiter dans notre maison sont venues la visiter. Ils s'appelaient Charlie et Tom, et ils n'avaient pas d'enfants, mais des chats. Charlie n'arrêtait pas de toucher à tout et Tom voulait ouvrir tous les placards. Je n'ai pas voulu qu'il regarde dans le mien parce qu'il n'était pas aussi bien rangé qu'il aurait dû l'être.

Emballer nos affaires a été très difficile : tout devait tenir dans des cartons et nous ne devions rien laisser puisque nous ne devions jamais revenir. Maman nous a donné à Coco et à moi quatre cartons chacune pour ranger tout ce qu'il y avait dans nos chambres.

J'ai commencé par plier en douze mes vêtements, puis j'ai mis mes peluches par-dessus, et tout était écrabouillé. J'ai été obligée de m'asseoir sur le carton pour arriver à le fermer avec le gros scotch marron. Après, j'ai fait un tas des choses que je n'emporterai peut-être pas dans la nouvelle maison, comme de vieilles photos, des bouts de Patafix et des jeux auxquels il manquait la plupart des pièces car Coco est incapable de les ranger comme il faut.

Coco avait le plus grand mal à faire tenir toute sa chambre dans quatre cartons, alors j'ai dû l'aider. Elle a dit qu'elle ne pouvait pas mettre ses peluches dans une caisse parce qu'elles ne verraient plus rien.

— Et comment veux-tu que je range tous mes vêtements là-dedans ? Je n'aurai plus rien à me mettre demain !

Et surtout elle voulait absolument tout garder : pas question de jeter les vieux papiers froissés qui traînaient sous son lit, ni la sucette collée au radiateur depuis des siècles et qui avait fondu.

— Maman ! Coco ne veut pas emballer ses affaires !

— Fais-le pour elle, a dit papa. Coco, viens avec moi, on va jeter les bouteilles.

Coco s'est levée comme un ressort. Elle adore aller à la déchetterie. Papa la hisse sur ses épaules, et c'est elle qui introduit les bouteilles dans les trous, éclatant de rire chaque fois qu'elles explosent en mille morceaux.

— Il faut des fenêtres pour mes peluches, m'a-t-elle prévenue avant de partir. Ne les enferme pas là-dedans, elles ont horreur du noir.

J'ai empaqueté ses habits, ses livres et ses dessins. J'ai retrouvé ma barrette préférée dans son tiroir à culottes et un carnet que je croyais avoir perdu sous son oreiller. J'ai tout fourré dans les cartons, j'ai posé ses peluches sur son lit et je suis allée voir maman.

Elle était en train d'emballer les assiettes, les tasses et les verres dans du papier journal. La cuisine était sens dessus dessous et même dedans dehors, car les placards étaient vides et il y avait de la vaisselle partout.

Maman chassait ses cheveux de ses yeux toutes les cinq minutes en soufflant par en dessous. Elle avait les doigts tout noirs à cause de l'encre d'imprimerie.

– Quel boulot ! a dit maman.

Je l'ai aidée un moment. C'était très amusant, un peu comme si on faisait des cadeaux. Nous avons tout emballé, à l'exception de quatre assiettes, quatre tasses, quatre couteaux et quatre fourchettes.

– Pour notre dernier repas dans cette maison, a dit maman, ce qui m'a fait de la peine, mais elle a ajouté : Et ce sera du tout prêt !

Alors là, j'étais très contente parce que nous achetons rarement à dîner chez le traiteur.

Maman m'a trouvé une espèce de coffre en plastique transparent pour ranger les peluches de Coco. Je les ai toutes entassées dedans et je l'ai tiré jusqu'au bas des marches pour lui montrer.

— Je parie qu'elle va me demander d'y faire des trous pour qu'elles puissent respirer, ai-je dit.

Lorsque papa et Coco sont revenus, toute la cuisine était dans les cartons, sur place, et maman s'était attaquée au salon. J'essayais de regarder la télévision en mangeant un petit gâteau, mais elle n'arrêtait pas de passer devant.

— Va jouer dehors, ou va dessiner, je ne sais pas, moi…

— J'ai emballé tous mes crayons.

— Eh bien, trouve quelque chose à faire, va dire adieu à toutes les toiles d'araignée !

— Les toiles d'araignée ? est intervenu papa. Tu en as déjà vu ici, ma chérie ?

Et maman lui a tiré la langue.

Je suis montée au premier et j'ai déambulé dans les pièces vides, sans savoir que faire. Cela faisait un drôle d'effet de voir les traces laissées par nos photos sur les murs. Et l'endroit où papa et maman nous mesuraient, sur le chambranle de la porte de leur chambre. Nous habitions dans cette maison depuis que nous étions toutes petites, petites.

J'entendais Coco en bas, qui parlait, parlait, parlait. Après avoir erré encore quelques instants dans les chambres, je suis descendue retrouver tout le monde.

Maman était assise sur le canapé.

– J'ai envie d'emballer tout ce qui bouge, a-t-elle dit.

– Je vais te faire un thé, a proposé papa.

– Impossible, j'ai emballé la théière.

Je me suis assise sur les genoux de maman et nous avons fixé nos regards là où se trouvait autrefois la télévision.

– Demain à la même heure, a-t-elle dit, tu seras en train de déballer tes affaires dans ta nouvelle chambre.

J'ai songé aux immenses rideaux, au lit qui n'était pas le mien, à l'affreuse armoire, et j'ai eu le plus grand mal à m'arracher un sourire.

– Ça va être amusant, tu vas voir.

Nous avons eu du curry pour le dîner. Coco et moi avons mangé du riz, des lentilles et des papadums, puis nous avons

goûté à l'assiette de papa : c'était tellement piquant que j'en ai eu les larmes aux yeux et la bouche en feu bien après m'être couchée.

Ma chambre était complètement vide. Elle ne ressemblait plus du tout à ma chambre.

Le lendemain matin, quatre hommes sont arrivés avec un gros camion et ont commencé à y charger nos cartons. C'était le camion le plus énorme que j'aie jamais vu, et toutes nos affaires avaient vraiment l'air perdues à l'intérieur.

Papa a dit que Coco et moi gênions le passage, alors maman nous a emmenées à l'aire de jeux tout près de la maison, qui ne sera plus aussi près de la maison à partir de demain.

— Est-ce qu'il y en aura une nouvelle ? ai-je demandé.

— Une nouvelle quoi ? a dit maman.

— Une nouvelle aire de jeux près de notre nouvelle maison.

— Mais bien évidemment. De toute façon, celle-ci ne sera pas très loin.

Des heures et des heures plus tard, le téléphone de maman a enfin sonné et c'était papa. Nous sommes rentrées pour le retrouver et aussi pour dire adieu à notre maison. Le camion était parti avec toutes nos affaires.

Notre maison n'avait plus rien à voir avec notre maison. Elle ressemblait à toutes les autres. À celle de Charlie et de Tom.

Maman leur a laissé un mot et une bouteille de lait à la cuisine : « Nous vous souhaitons d'être heureux ici. Nous l'avons été. »

Nous sommes montés dans la voiture et sommes partis pour notre nouvelle maison. C'était vraiment rapide. À notre arrivée, le camion était déjà là et les hommes étaient en train de le décharger.

Je suis montée dans la chambre qui devait être la mienne. Les rideaux avaient disparu. L'abominable grosse armoire aussi, et le lit, et le fauteuil. Les murs étaient peints en bleu pastel, ma couleur préférée.

Pendant que je découvrais les lieux, Coco est arrivée en courant.

— Flo ! Je viens de voir ton lit ! Il est dans l'escalier !

Nous nous sommes tapies dans un coin pour ne pas gêner. Les hommes ont posé mon lit par terre.

— Où veux-tu qu'on le mette ? m'a demandé l'un d'eux.

Coco m'a donné un coup de coude.

J'ai réfléchi un instant avant de lui répondre.

— Là-bas, s'il vous plaît, ai-je dit en montrant la fenêtre.

La chambre de Coco était jaune, sa couleur préférée.

Je l'ai accompagnée, car elle n'osait pas y aller toute seule. On avait l'impression d'être en plein soleil, ou à l'intérieur d'un œuf. Elle était plus grande que son ancienne chambre.

Papa et maman sont arrivés avec nos cartons.

— Quand vous aurez déballé toutes vos affaires, vous vous sentirez comme à la maison.

Ils nous ont fait une surprise et nous ont offert des pancartes pour les portes de nos chambres.

D'un côté il était écrit ENTREZ ! et de l'autre DÉFENSE D'ENTRER !

— J'aime bien changer de maison, a décrété Coco en libérant ses peluches.

Je songeais aux cartons, dans ma nouvelle chambre, qui contenaient toutes mes anciennes affaires. J'ai eu envie de m'asseoir sur mon lit et de regarder par ma nouvelle fenêtre.

— Moi aussi, ai-je répondu.

Après des études de littérature, **Jenny Valentine**
a exercé divers métiers tout en commençant
à écrire. *Ma rencontre avec Violet Park*,
son premier roman pour adolescents publié
en France à l'École des loisirs, a remporté
le prix Guardian de la fiction. Jeune auteur
et mère de famille, elle écrit aussi depuis
pour les jeunes lecteurs des histoires
aussi justes que tendres et fantaisistes.
« La plupart des histoires que je raconte,
écrit Jenny Valentine, s'inspirent de souvenirs
d'enfance et de ma vie de famille avec mes deux
filles, lesquelles, comme Flo et Coco, comme
tous les enfants du monde, en vérité, peuvent
être à la fois calmes, sages, turbulents, avoir des
idées bien arrêtées ou originales. Il arrive
tous les jours des choses amusantes dans
une famille heureuse, et ce fut un réel plaisir
de les raconter dans ce livre. »

Joe Berger a grandi à Bristol, où il a fait
des études d'art graphique avant de s'installer
à Londres en 1991. Il travaille en freelance
comme illustrateur et réalisateur de films
d'animation, et participe au scénario et à la mise
en images d'une bande dessinée hebdomadaire
pour le *Guardian*. Son premier album, *Bridget
Fidget*, a été particulièrement remarqué.

Découvre un extrait des prochaines
aventures de ma petite sœur et moi

L'anniversaire de ma petite sœur

Un jour, très longtemps avant l'anniversaire de Coco, nous étions tous dans le
jardin. Maman bêchait et papa lisait le journal. Coco et moi mettions à manger aux
oiseaux.

– Papa et maman, a dit Coco. Vous vous
souvenez de mon anniversaire ? Est-ce que
je pourrai avoir un animal de compagnie ?

Papa a fait du bruit avec son journal et
maman s'est arrêtée de bêcher.

– Quel anniversaire ? a demandé papa.

– C'est dans très longtemps, a dit maman.

– Ah, bon ?

– Très longtemps, a répété papa en jetant
un coup d'œil par-dessus son journal.

Coco s'est renfrognée quelques secondes,
avant de revenir à la charge :

– Bon, mais quand ça ne sera plus dans

très longtemps, est-ce que je pourrai avoir un animal de compagnie ? Pour mon anniversaire ?

Papa et maman se sont souri. Papa a secoué la tête.

– Quel genre d'animal ? ai-je demandé.

– Rien qu'un petit. Un chiot ou un chaton.

– Les chiots et les chatons deviennent des chiens et des chats, a fait remarquer papa.

– Je le sais bien, tu es bête…

– Les chiens et les chats sont gros, a dit papa.

– Alors, plus petit, a proposé Coco. Un lapin ou un cochon d'Inde ou bien… je sais ! Un hamster.

– Et pourquoi pas une fourmi, ou une araignée, ou un perce-oreille ? a proposé papa. Ils sont tout petits et ne posent aucun problème.

– Hiiiiii… Je ne veux pas de ça. Je veux quelque chose de joli, de doux, et avec de la fourrure.

– Certaines araignées en ont, ai-je dit.

Coco m'a foudroyée du regard.

— Je ne veux pas d'araignée, Flo. Je veux un hamster.

— Je te souhaite bonne chance, a dit papa en retournant à son journal.

— Inscris-le sur ta liste d'anniversaire, a suggéré maman.

— Quelle liste d'anniversaire ?

— La liste des choses que tu voudrais pour ton anniversaire. Tu peux la commencer tout de suite.

C'est ce qu'a fait Coco.

Elle est allée aussitôt chercher des stylos et du papier. Elle s'est installée à la table de jardin et a posé des cailloux aux quatre coins de sa feuille pour l'empêcher de s'envoler. Puis elle a sorti tous les stylos de sa trousse et a pris son air le plus concentré.

En haut de la page, elle a écrit en grosses lettres de toutes les couleurs :

LISTE D'ANNIVERSAIRE DE COCO

— Regarde, Flo, a-t-elle dit en me montrant la feuille.

– Sympa.

Puis, elle a écrit : « un hamster ».

– Regarde, Flo, a-t-elle dit de nouveau.

– C'est bien.

Coco s'est arrêtée un instant pour réfléchir.

– Si je mets quelque chose sur ma liste, est-ce que c'est sûr que je l'aurai ?

– Non, ont répondu en chœur papa et maman.

– Alors, qu'est-ce que j'aurai ?

– Une surprise, ai-je répondu.

– Je n'aime pas les surprises.

– Pourquoi ?

– Parce que je ne sais pas ce que ça va être.

Papa a ri.

– C'est ça qui est bien, lui ai-je fait remarquer. Autrement, ça ne serait pas une surprise.

(à suivre…)